Analyse de l'œuvre

Par Candice Kent

Middlemarch

George Eliot

lePetitLittéraire.fr

Analyse de l'œuvre

Par Candice Kent

Middlemarch

George Eliot

Rendez-vous sur lepetitlitteraire.fr et découvrez :

Plus de 1200 analyses
Claires et synthétiques
Téléchargeables en 30 secondes
À imprimer chez soi

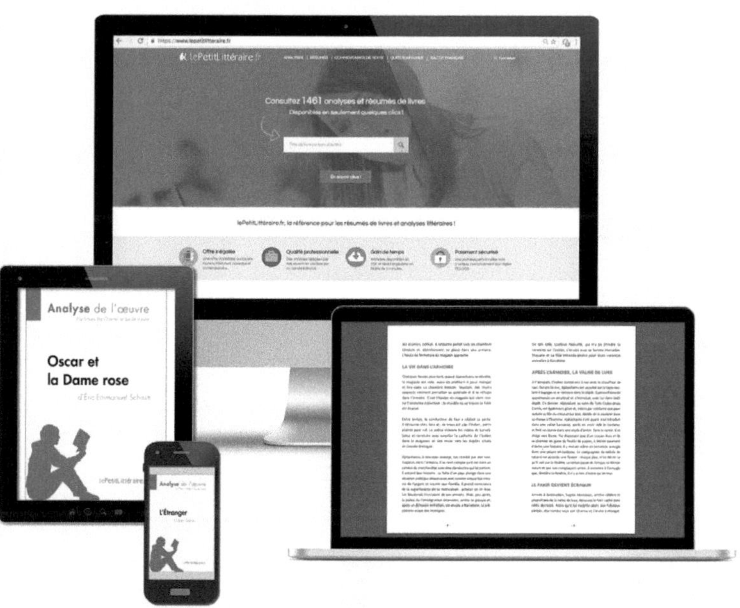

GEORGE ELIOT

ROMANCIÈRE ANGLAISE

- **Née à Nuneaton en 1819.**
- **Décédée à Londres en 1880.**
- **Travaux notables :**
  - *Adam Bede* (1859), roman
  - *Le Moulin sur la soie* (1860), roman
  - *Silas Marner* (1861), roman

George Eliot est le nom de plume de Mary Anne Evans. L'auteure passe son enfance dans le Warwickshire, où son père est employé comme administrateur de biens. Dans sa vingtaine, elle commence à fréquenter des libres penseurs et traduit la *Vie de Jésus* de Strauss (1846), un ouvrage qui suscite la controverse en niant l'existence de nombreux miracles relatés dans le Nouveau Testament. Après la mort de son père, elle s'installe à Londres, où elle publie la *Westminster Review* et fréquente des penseurs radicaux. Evans scandalise le Londres littéraire en vivant ouvertement avec le journaliste marié George Henry Lewes, jusqu'à la mort de ce dernier en 1878.

Avec les encouragements de Lewes, Evans se tourne vers la fiction à l'âge de 37 ans et son premier roman, *Adam Bede* (1859), devient immédiatement un best-seller. Il est suivi de cinq romans qui témoignent de l'évolution de son talent, lequel atteint son apogée dans son chef-d'œuvre, *Middlemarch* (1871), considéré par de nombreux critiques comme l'un des plus grands romans de langue anglaise jamais écrits, et un sommet du réalisme littéraire. L'œuvre d'Evans est également célèbre pour ses portraits psychologiques perspicaces et pour son exploration des motifs qui animent les gens.

MIDDLEMARCH

ROMAN RÉALISTE

- **Genre :** roman
- **Edition de référence :** Eliot, G. (2008) *Middlemarch*. Oxford: Oxford University Press.
- **1ère édition :** 1871
- **Thèmes :** réalisme, genre, mariage, idéalisme, Bildungsroman (roman du passage à l'âge adulte).

Le cinquième roman de George Eliot, *Middlemarch*, est généralement considéré comme son chef-d'œuvre et est célébré comme l'une des plus grandes œuvres de la littérature anglaise. Le roman se concentre sur le développement émotionnel de sa protagoniste, Dorothea Brooke, une jeune femme riche, intelligente et belle. Le roman est donc un exemple de récit de passage à l'âge adulte ou, pour utiliser le terme critique allemand, de Bildungsroman. Le roman a pour toile de fond la loi de réforme de 1832, qui a été adoptée 40 ans avant sa publication, et relève donc également du genre de la fiction historique. *Middlemarch* est un très long roman et c'est pour cette raison qu'il a été publié en huit versements tous les deux mois, plutôt qu'en versements mensuels ou en volumes de trois livres qui étaient conventionnels pour l'époque. Eliot est célébré comme l'un des plus grands, sinon le plus grand, des écrivains réalistes du XIXe siècle, et *Middlemarch* rend justice à cette affirmation par la complexité de ses personnages et l'accent mis sur les vies ordinaires.

RÉSUMÉ

La protagoniste du roman, Dorothea Brooke, est de nature passionnée et idéaliste et rêve de faire du bien à l'humanité. Dorothea et sa sœur, Celia, sont orphelines et vivent avec leur oncle, Arthur Brooke, à Middlemarch, une ville provinciale fictive des Midlands. M. Brooke, à l'esprit quelque peu comique, est un propriétaire terne, mais il a néanmoins des aspirations politiques en tant que candidat réformiste. Dorothea entreprend d'améliorer les cottages des locataires, mais se heurte à des contraintes financières. Elle se tourne alors vers le révérend Edward Casaubon, dont le sérieux et la réserve lui inspirent un grand respect. Bien qu'il soit beaucoup plus âgé que Dorothea, Casaubon la demande en mariage et Dorothea accepte, convaincue qu'elle trouvera son épanouissement en tant qu'assistante dans la recherche et la rédaction de son livre *La clé de toutes les mythologies*. Les espoirs de Dorothea sont vite déçus lorsqu'elle comprend que Casaubon n'est pas sûr de lui et de son travail, et qu'il est donc peu enclin à l'impliquer à un niveau supérieur aux tâches de secrétariat les plus élémentaires.

Lors de son voyage de noces à Rome, Dorothea rencontre Will Ladislaw, le cousin de Casaubon, beaucoup plus jeune et sans le sou. La grand-mère de Will a fait un mariage que sa famille désapprouve et a été déshéritée, mais Casaubon a entrepris de subvenir à ses besoins. Dorothea et Will se rapprochent, suscitant la jalousie de Casaubon, qui ne s'exprime pas jusqu'à sa mort, lorsqu'un codicille à son testament stipule que Dorothea perdra son important héritage si elle épouse Will. Bien que Will ait reconnu qu'il l'aime, le codicille est embarrassant dans ses implications et choque Dorothea, qui n'avait jusqu'alors pas eu de pensée romantique pour Will. M. Brooke a engagé Will pour l'aider dans sa campagne électorale, mais lorsque celle-ci échoue, Will décide de quitter Middlemarch. Avant son départ, il rend visite à Dorothea, et tous deux se révèlent leur amour mutuel. Dorothea renonce à son droit à l'héritage et les deux se marient.

Parallèlement à l'histoire de Dorothea se déroule celle de Tertius Lydgate, un jeune médecin qui s'est récemment installé à Middlemarch. Lydgate, comme Dorothea, est ambitieux et idéaliste. Il souhaite se consacrer à la recherche médicale et, même s'il n'est pas riche, fuir les pratiques lucratives de la médecine. Lydgate n'est donc pas en mesure de se marier. Néanmoins, il flirte ouvertement avec la belle mais superficielle Rosamond Vincy. La charmante Rosamond est en tous points ce que Lydgate imagine qu'il souhaiterait avoir comme épouse, s'il pouvait se permettre un tel luxe. Rosamond, consciente de son statut social, considère la société provinciale de Middlemarch comme indigne d'elle et considère que le mariage avec Lydgate lui offre la possibilité d'accéder à une position élevée dans la ville et d'y échapper. Lorsque Lydgate découvre que l'attention qu'il porte à Rosamond a été mal interprétée par le public et par Rosamond elle-même, il s'empresse de se retirer, mais sa résolution vacille lorsqu'il voit qu'il a blessé Rosamond. Le mariage de Lydgate avec Rosamond le soumet à une forte pression financière car Rosamond insiste sur l'étalage irresponsable de sa richesse et résiste à tous les efforts d'économie.

Comme sa sœur, le frère de Rosamond, Fred Vincy, est un dépensier gâté. Sa confiance dans le fait qu'il héritera du domaine de son oncle Featherstone l'a conduit à être oisif, bien que ses parents l'encouragent à embrasser une profession cléricale, contre son gré. Il aime Mary Garth, une femme simple mais sensible et moralement admirable, mais elle ne l'épousera pas s'il agit contre sa conscience et choisit le clergé. Mary doit s'occuper de M. Featherstone, qui est malade. La nuit de sa mort, Featherstone ordonne à Mary de modifier son testament. Elle refuse et insiste pour qu'il attende que l'avocat vienne le chercher le matin. Featherstone meurt sans modifier le testament en faveur de Fred, comme il en avait l'intention, et la succession est laissée au fils illégitime de Featherstone. Fred s'est endetté dans l'attente de son héritage, mais pour rien au final. Le père de Mary, Caleb, aime bien Fred et s'est porté garant de ses emprunts. Le paiement des dettes engloutit les revenus de Mary et les économies de sa mère. Néanmoins, Caleb, qui est indulgent, prend Fred comme agent foncier stagiaire. Sous la direction du sagace Caleb Garth, Fred, repentant, commence à s'appliquer au travail et, avec le temps, Mary le choisit plutôt que son autre prétendant, le plus méritant M. Farebrother, le curé local, gentil et intelligent.

Pour obtenir une aide financière, Lydgate se tourne vers le riche banquier de Middlemarch, Nicholas Bulstrode, dont la religiosité est atténuée par sa philanthropie, en particulier par le financement de l'hôpital où Lydgate est employé. Bulstrode risque de voir les transactions monétaires douteuses de son passé révélées au grand jour par l'escroc John Raffles, qui est arrivé à l'improviste. Raffles est très malade, et Bulstrode s'arrange pour accélérer sa mort, tout en convoquant Lydgate sous prétexte d'inquiétude. Cependant, Raffles a déjà divulgué les comptes-rendus des premières activités sournoises de Bulstrode, et il est déshonoré comme un hypocrite aux yeux des habitants de la ville. Lydgate est injustement impliqué dans la mort de Raffles en raison de sa présence auprès de Raffles dans la maison de Bulstrode et du prêt très généreux qu'il a récemment reçu de Bulstrode. Dorothea croit en l'innocence de Lydgate, tout comme le vicaire, M. Farebrother, mais l'opinion générale est fortement contre lui. Tant les Lydgate que les Bulstrode se sentent obligés de quitter Middlemarch.

L'ambition de Lydgate de contribuer à la recherche médicale est contrariée car il se tourne plutôt vers des pratiques rentables en raison de la pression exercée pour satisfaire les désirs de richesse et de statut de Rosamond. Il meurt jeune et elle épouse un autre médecin, plus riche. En revanche, Dorothea et Will ont un mariage heureux, bien que Dorothea n'utilise jamais son intelligence et son dynamisme pour réaliser ses propres ambitions. Au contraire, elle se contente de soutenir Will dans sa médiocre carrière politique. Néanmoins, par ses innombrables bontés, elle touche le monde d'une manière incommensurable.

ÉTUDE DE CARACTÈRE

DOROTHEA BROOKE

Dorothée est le personnage principal. Bien que belle, elle est dépourvue de toute vanité et s'habille simplement. Son intelligence est remarquée par tous, tout comme son manque de bon sens. Dorothée est profondément religieuse. Elle lit la théologie jusque tard dans la nuit et aborde la vie de manière ascétique. Sa nature ardente et théorique la rend insatisfaite des interactions et conversations banales de la société provinciale de Middlemarch. Dorothea aspire à une vie qui s'élève au-dessus du trivial et elle rêve de faire quelque chose de bien et de significatif dans le monde, ce qui se traduit par son ambition initiale de rénover des cottages d'ouvriers. Sa préoccupation intense pour ce projet conduit à un malentendu avec Sir James, le châtelain local bien intentionné qui espère épouser Dorothea.

En raison de sa tendance à négliger l'évidence, Dorothea ne voit pas les défauts évidents de son autre prétendant, M. Casaubon, et est captivée par son sérieux et sa réputation d'érudit. Elle pense que M. Casaubon la guidera dans son développement spirituel et, surtout, qu'elle l'aidera à achever l'œuvre de sa vie, un livre sur la mythologie. Malgré une différence d'âge de 27 ans, Dorothea accepte la proposition de M. Casaubon et lui est soumise et reconnaissante de son attention. Mais elle découvre rapidement que Casaubon est sans cœur et qu'il a l'intention de l'exclure de ses recherches, ne lui accordant que de simples fonctions de secrétariat. Simultanément, elle rencontre Will Ladislaw, le jeune cousin sans le sou de Casaubon, et tous deux se lient d'une solide amitié.

Dorothea prend une autre décision idéaliste lorsque, après la mort de Casaubon, elle découvre son amour pour Will et renonce à sa richesse pour l'épouser. Il s'agit d'un idéalisme plus éclairé et plus mûr qui conduit au bonheur de Dorothea en tant qu'épouse et mère, même si, comme le souligne le narrateur, certaines personnes estiment que ses talents auraient pu être utilisés plus efficacement s'ils avaient été concentrés.

EDWARD CASAUBON

Le révérend Casaubon est d'abord attiré par le sérieux et la gravité de Dorothea lorsqu'il dîne chez elle à l'invitation de son oncle. Le lecteur est d'abord introduit à ce personnage par la conscience de Dorothea. Elle le trouve digne et s'étonne qu'il puisse supporter la trivialité de la conversation de son oncle. Lorsqu'il prend la parole, il exprime son inquiétude face à sa vue défaillante et son désir d'avoir un lecteur, sa fastidiosité à l'égard des lecteurs et le fait qu'il a passé la plupart de son temps en compagnie d'écrivains anciens. La brève présentation que fait Casaubon de lui-même révèle qu'il est vieillissant et malade. Il y a des indices de l'égoïsme qui deviendra plus tard évident dans ses relations avec Dorothée. Son insécurité et sa jalousie sont les plus apparentes après sa mort dans le codicille de son testament qui stipule que si Dorothea épouse son cousin, Will Ladislaw, elle doit renoncer à son héritage.

WILL LADISLAW

Will est un jeune homme de bonne humeur au sourire ravissant. Néanmoins, il peut être capricieux et parfois incohérent. Il est prompt à penser le pire de Dorothea pour avoir épousé son cousin Casaubon, mais il découvre rapidement son erreur. Will résiste au choix d'une profession et se consacre plutôt à voyager en Europe à la recherche de la culture. Il est suffisamment conscient de lui-même pour voir qu'il n'a pas le talent pour être un grand artiste. Dorothea apprécie l'amitié de cet homme intelligent et affable, qui est beaucoup plus proche d'elle en âge que son mari. Will, à son tour, tombe profondément amoureux d'elle. Après la mort de Casaubon, Dorothea abandonne sa position et sa fortune pour l'épouser. L'idéalisme de Will est finalement orienté vers la réforme et il devient un homme politique, une carrière dans laquelle il est vivement soutenu par sa femme aimante.

TERTIUS LYDGATE

L'astucieux Dr Lydgate est un jeune homme aux moyens limités et aux grandes aspirations. Il a l'intention de concentrer sa carrière sur la recherche sur le choléra et est conscient qu'en détournant son attention des domaines de la médecine à la mode et rentables, il doit vivre frugalement. Bien qu'il ait décidé de ne pas prendre de femme, il ne peut résister à la charmante mais superficielle Rosamond Vincy. Son mariage avec Rosamond et sa propre vanité le conduisent à s'endetter et à tomber en disgrâce, et à abandonner ses idéaux de réforme médicale pour gagner suffisamment d'argent afin de maintenir un style de vie élégant.

ROSAMOND VINCY

Comme Dorothea, Rosamond est extrêmement belle, mais elle contraste avec le personnage principal par l'attention qu'elle porte à tous les détails mondains de la belle tenue et de l'accomplissement féminin. Rosamond est consciente de ses attraits et son éducation de fin d'études l'a rendue méprisante pour la société provinciale de Middlemarch. En tant que nouveau venu raffiné dans la ville, le Dr Lydgate attire son attention. Cependant, son mariage avec Lydgate s'avère insuffisant pour satisfaire sa vanité.

FRED VINCY

Fred Vincy, beau et facile à vivre, est aussi gâté que sa sœur Rosamond, mais d'un tempérament plus doux et moins hautain. Son attente d'un héritage de la part de son oncle, M. Featherstone, le conduit à l'indolence dans ses études et à des dettes de jeu qui, lorsque ses attentes échouent, ont des conséquences désastreuses pour la famille de la femme qu'il aime, Mary Garth. Fred est sauvé par son dévouement envers Mary et par son respect pour son père, Caleb Garth, sensible et travailleur.

MARY GARTH

Mary Garth travaille pour son oncle âgé et de mauvaise humeur, M. Featherstone, en prenant soin de lui lorsqu'il est malade, au lieu de travailler comme gouvernante. Elle est une femme ordinaire et sa famille est pauvre; néanmoins, son caractère droit, son honnêteté et son équité sont appréciés par Fred Vincy. Elle dissuade Fred de devenir pasteur – une voie qui élèverait son statut social et vers laquelle ses parents le poussent – car elle comprend que ce serait hypocrite de sa part et qu'il serait malheureux en tant que pasteur. Mary aime Fred, mais elle n'est prête à l'accepter comme mari que lorsqu'il s'appliquera à trouver un travail approprié.

NICHOLAS BULSTRODE

Le banquier, M. Bulstrode, finance le nouvel hôpital dans lequel Lydgate est employé. Il fréquente assidûment l'église, mais son attitude moralisatrice et son manque de compassion envers les autres le rendent impopulaire auprès de certains habitants de Middlemarch. Bulstrode est un homme assoiffé de pouvoir qui justifie ses moyens en prétendant qu'il ne cherche que la gloire de Dieu. La source peu recommandable de son argent est finalement révélée et s'avère incompatible avec cette affirmation.

ANALYSE

NARRATION

Lorsqu'un auteur raconte une histoire, il doit choisir un point de vue à partir duquel le récit des événements et la description des personnages sont donnés. C'est ce qu'on appelle le mode de narration de l'œuvre de fiction et c'est l'un des facteurs clés à prendre en compte dans l'analyse d'un roman. Les modes de narration les plus couramment utilisés sont la narration à la troisième personne et la narration à la première personne.

Dans *Middlemarch,* comme dans ses autres romans, George Eliot utilise un narrateur à la troisième personne. Contrairement à un narrateur à la première personne, ce type de narrateur est extérieur à l'histoire. Dans un récit à la première personne, le locuteur se réfère à lui-même en tant que « je » et participe aux événements relatés, bien que ce ne soit que dans une très faible mesure en écoutant le récit donné par l'un des personnages.

Le narrateur à la troisième personne d'Eliot est omniscient. Selon la convention, un narrateur omniscient possède toutes les connaissances nécessaires sur les événements du roman, contrairement au narrateur limité de la première personne. Nous le constatons lorsque la narration préfigure la fin en quelques déclarations brèves, mais profondes. Par exemple, dans la préface, le narrateur fait remarquer que de nombreuses femmes talentueuses et passionnées sont nées sans que leur vie ait eu de grandes conséquences. Dans le dernier paragraphe du Finale, le narrateur revient sur ce sujet général et fait des observations spécifiques sur la vie de Dorothea.

Le narrateur omniscient à la troisième personne est également au courant des processus mentaux et émotionnels des personnages, contrairement au narrateur limité à la première personne. Le narrateur de *Middlemarch* nous donne ainsi accès aux pensées et aux sentiments des personnages. Ce narrateur est également intrusif car il ne se limite pas à un simple compte rendu, mais nous guide dans notre évaluation des motivations des personnages, de leurs perspectives sur la vie et de leurs qualités personnelles. Le livre se compose d'une série de scènes qui nous présentent les personnages, nous permettant de nous familiariser avec eux et avec leurs relations mutuelles. Le narrateur d'Eliot utilise les événements et les personnages comme point de départ d'observations plus générales sur la vie. Prenons par exemple le chapitre 6 du livre I. Les dernières scènes du chapitre montrent la réaction de Sir James lorsqu'il apprend que Dorothea est fiancée à Casaubon. Sir James est blessé, mais il décide de rendre visite à M. Brooke malgré tout et de cacher ses sentiments. Après cette description, dans le dernier court paragraphe du chapitre, le narrateur fait une observation générale selon laquelle la fierté aide les hommes et les femmes à surmonter de nombreuses déceptions. Elle, ou il, poursuit en faisant remarquer que l'orgueil qui nous pousse simplement à dissimuler nos sentiments, plutôt qu'à blesser les autres, n'est en aucun cas une mauvaise chose. Ainsi, le narrateur insère des observations d'ordre général dans sa description des détails. En général, et selon la convention, le récit et les jugements du narrateur omniscient sont acceptés comme faisant autorité.

CARACTÉRISATION

Le lecteur peut déduire la nature morale, l'intelligence et d'autres qualités personnelles d'un personnage à partir de son dialogue et de ses actions. Par exemple, au chapitre 3 du livre I, Sir James encourage Dorothea à élaborer des plans pour rénover les cottages des ouvriers de son domaine. Il est évident pour le lecteur que Sir James admire Dorothea et que la suggestion concernant les cottages fait partie de l'attention qu'il lui porte. Dorothea n'est pas assez astucieuse pour s'en rendre compte et dans sa réponse enthousiaste, elle induit Sir James en erreur. Son obtusité à cet égard révèle une tendance de son caractère à négliger l'évidence. En termes critiques, cette méthode de caractérisation est appelée « montrer » ou « dramatiser ».

Eliot utilise également une autre méthode de caractérisation appelée « telling » lorsque son narrateur s'immisce dans l'histoire pour décrire les motivations et les inclinations des personnages, et parfois aussi pour offrir des conseils sur les jugements du lecteur. Ainsi, le narrateur intervient fréquemment et utilise son autorité de narrateur omniscient pour nous inviter à réfléchir sur les mondes intérieurs ou sur les réalités extérieures qui encadrent les personnages, afin que nous ne soyons pas trop sévères dans notre évaluation d'eux.

La complexité de la caractérisation d'Eliot fait qu'il n'y a pas de personnages purement bons ou mauvais, pas de héros ou de méchants sans nuances. Par exemple, bien que M. Casaubon soit sans aucun doute égoïste, jaloux et peu sûr de lui, Eliot transmet néanmoins un sentiment de pathos dans l'histoire de sa quête intellectuelle épuisante, dévorante et finalement futile. Casaubon en est conscient et craint que sa jeune et brillante épouse ne le découvre aussi, et cette crainte fait partie de sa froideur à son égard.

Les personnages des romans d'Eliot sont souvent identifiés aux animaux, soit par métaphore, soit par association avec un animal. Par exemple, l'aversion de Dorothea pour les futilités est illustrée dans la scène comique où elle rejette un chiot maltais que lui offre Sir James. Des scènes comme celle-ci contribuent à la profondeur psychologique créée chez Dorothea et démontrent l'habileté d'Eliot dans la caractérisation complexe des personnages.

RÉALISME

Middlemarch est un exemple très abouti de réalisme littéraire. Ce mode romanesque a atteint son apogée au XIXe siècle, bien que ses origines remontent aux premières formes de roman au début du XVIIIe siècle, dans les écrits de Daniel Defoe. Alors que la fiction romantique dépeint la vie de manière idéaliste, par exemple avec des paysages d'une beauté exagérée, des aventures passionnantes et des actes d'héroïsme extraordinaires, le réalisme vise à représenter l'existence telle qu'elle est réellement et non comme une fantaisie élaborée.

Le cadre de Middlemarch et de ses environs n'est pas exotique, mais plutôt local et facilement reconnaissable. La maison de Dorothée n'est pas un château, et Dorothée n'est pas une princesse. Le roman ne se concentre pas sur l'aristocratie, mais sur les gens ordinaires de la classe moyenne. Bien que Dorothée soit comparée à une sainte, mais aussi à des tableaux et à des sculptures, son histoire porte sur l'ambition et l'échec, ou la déception des aspirations. À cet égard, l'œuvre d'Eliot a une portée universelle et continue de s'adresser à tous les publics.

Les trois récits d'amour et de mariage se côtoient et sont reliés entre eux par les relations des différents personnages, mais pas d'une manière essentielle à l'intrigue. L'intrigue de *Middlemarch* est plausible, tout comme les événements individuels qui la composent. Dorothea, la protagoniste, n'existe pas en tant qu'individu isolé ; elle est plutôt contenue dans une structure sociale et interagit avec une myriade de personnages. Comme l'observe le narrateur dans le Finale, personne n'a une force de volonté telle qu'il ne peut éviter d'être déterminé dans une large mesure par les circonstances.

POURSUITE DE LA RÉFLEXION

QUELQUES QUESTIONS À MÉDITER...

- Identifiez les scènes du roman qui abordent la question du genre. De quelle manière Eliot aborde-t-elle cette question ?
- Comment Eliot obtient-elle l'effet de réalisme ?
- Choisissez un personnage du roman. Quelles techniques Eliot utilise-t-elle pour les caractériser ?
- Y a-t-il des leçons morales, implicites ou explicites, dans ce roman ? Quelles sont-elles ?
- Comment Eliot utilise-t-elle les animaux dans ses portraits de personnes ?
- Quelles méthodes narratives Eliot emploie-t-elle ?
- Quels effets l'autrice obtient-elle avec les différentes méthodes de narration, et quelles sont leurs forces et leurs limites respectives ?
- À votre avis, qu'est-ce qui donne à ce roman son attrait universel et durable ?

AUTRES LECTURES

EDITION DE RÉFÉRENCE

- Eliot, G. (2008) *Middlemarch*. Oxford: Oxford University Press.

ÉTUDES DE RÉFÉRENCE

- Abrams, M. H. (1999) *A Glossary of Literary Terms*. Fort Worth: Harcourt Brace.

SOURCES SUPPLÉMENTAIRES

- Hughes, K. (1999) *George Eliot: The Last Victorian*. Londres: Fourth Estate.

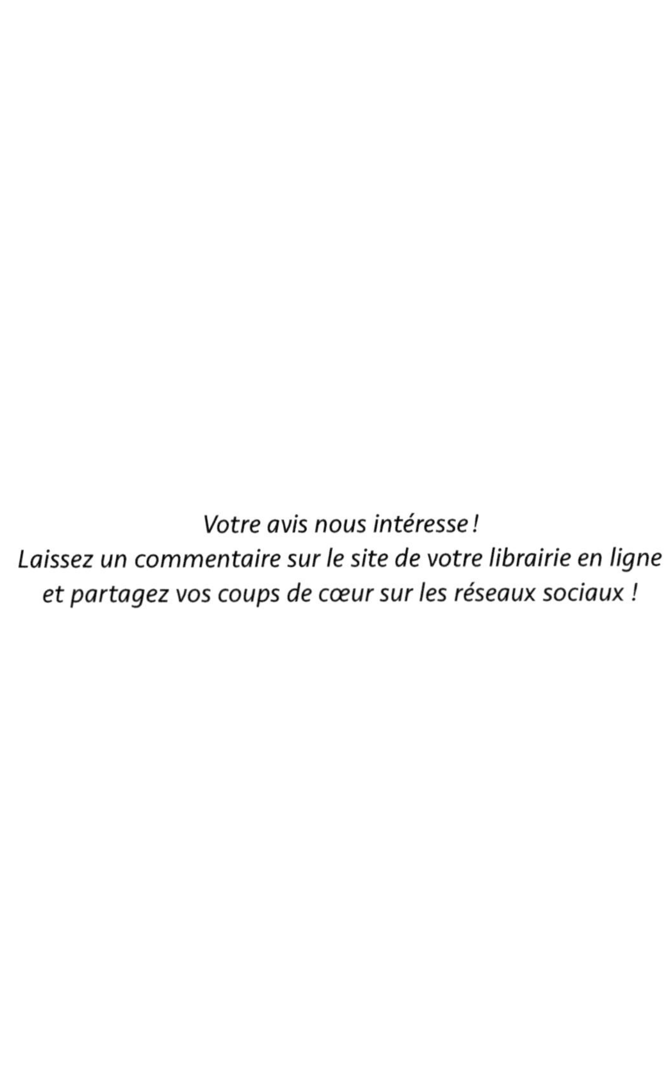

Votre avis nous intéresse !
Laissez un commentaire sur le site de votre librairie en ligne
et partagez vos coups de cœur sur les réseaux sociaux !

lePetitLittéraire.fr

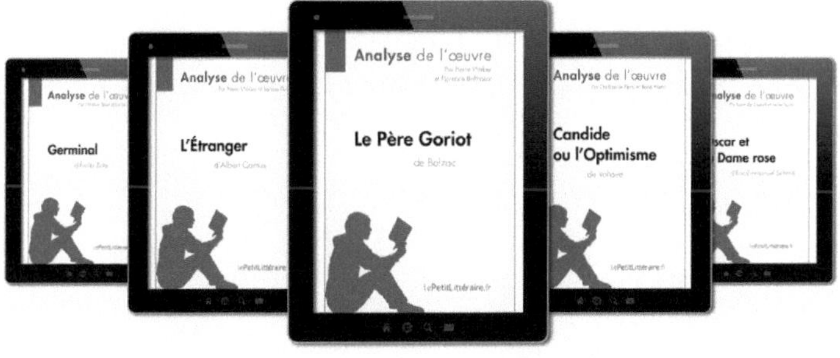

- des analyses de livres
- des fiches de lectures
- des commentaires littéraires
- des questionnaires de lecture
- des résumés

**Retrouvez
notre offre complète sur
lePetitLittéraire.fr**